祖国万岁

——青少年朗诵诗选

李少君　丁鹏◎主编

中国言实出版社

图书在版编目(CIP)数据

祖国万岁：青少年朗诵诗选 / 李少君, 丁鹏主编 .
北京：中国言实出版社, 2024. 9. -- ISBN 978-7-5171-4938-5

Ⅰ . I227

中国国家版本馆 CIP 数据核字第 2024ZB3754 号

祖国万岁——青少年朗诵诗选

责任编辑：张　朕
责任校对：佟贵兆

出版发行：中国言实出版社
　　　　　地　址：北京市朝阳区北苑路180号加利大厦5号楼105室
　　　　　邮　编：100101
　　　　　编辑部：北京市海淀区花园北路35号院9号楼302室
　　　　　邮　编：100083
　　　　　电　话：010-64924853（总编室）　010-64924716（发行部）
　　　　　网　址：www.zgyscbs.cn　电子邮箱：zgyscbs@263.net

经　　销：新华书店
印　　刷：北京温林源印刷有限公司
版　　次：2024年9月第1版　2024年9月第1次印刷
规　　格：880毫米×1230毫米　1/32　4.625印张
字　　数：224千字

定　　价：58.00元
书　　号：ISBN 978-7-5171-4938-5

目 录

CONTENTS

1

我爱这土地

艾 青

假如我是一只鸟,

我也应该用嘶哑的喉咙歌唱:

这被暴风雨所打击着的土地,

这永远汹涌着我们的悲愤的河流,

这无止息地吹刮着的激怒的风,

和那来自林间的无比温柔的黎明……

——然后我死了,

连羽毛也腐烂在土地里面。

为什么我的眼里常含泪水?

因为我对这土地爱得深沉……

祖国啊，我亲爱的祖国

舒　婷

我是你河边上破旧的老水车，
数百年来纺着疲惫的歌；
我是你额上熏黑的矿灯，
照你在历史的隧洞里蜗行摸索。
我是干瘪的稻穗，是失修的路基；
是淤滩上的驳船
把纤绳深深
勒进你的肩膊，
——祖国啊！

我是贫困，
我是悲哀。
我是你祖祖辈辈
痛苦的希望啊，
是"飞天"袖间
千百年来未落到地面的花朵，

——祖国啊！

我是你簇新的理想，

刚从神话的蛛网里挣脱；

我是你雪被下古莲的胚芽；

我是你挂着眼泪的笑涡；

我是新刷出的雪白的起跑线；

是绯红的黎明

正在喷薄；

—— 祖国啊！

我是你的十亿分之一，

是你九百六十万平方的总和；

你以伤痕累累的乳房

喂养了

迷惘的我、深思的我、沸腾的我；

那就从我的血肉之躯上

去取得

你的富饶、你的荣光、你的自由；

—— 祖国啊，

我亲爱的祖国！

相信未来

食　指

当蜘蛛网无情地查封了我的炉台

当灰烬的余烟叹息着贫困的悲哀

我依然固执地铺平失望的灰烬

用美丽的雪花写下：相信未来

当我的紫葡萄化为深秋的露水

当我的鲜花依偎在别人的情怀

我依然固执地用凝霜的枯藤

在凄凉的大地上写下：相信未来

我要用手指那涌向天边的排浪

我要用手掌那托住太阳的大海

摇曳着曙光那枝温暖漂亮的笔杆

用孩子的笔体写下：相信未来

我之所以坚定地相信未来

是我相信未来人们的眼睛

她有拨开历史风尘的睫毛

她有看透岁月篇章的瞳孔

不管人们对于我们腐烂的皮肉

那些迷途的惆怅、失败的苦痛

是寄予感动的热泪、深切的同情

还是给以轻蔑的微笑、辛辣的嘲讽

我坚信人们对于我们的脊骨

那无数次的探索、迷途、失败和成功

一定会给予热情、客观、公正的评定

是的，我焦急地等待着他们的评定

朋友，坚定地相信未来吧

相信不屈不挠的努力

相信战胜死亡的年轻

相信未来、热爱生命

桂林山水歌

贺敬之

云中的神呵，雾中的仙，
神姿仙态桂林的山！

情一样深呵，梦一样美，
如情似梦漓江的水！

水几重呵，山几重？
水绕山环桂林城……

是山城呵，是水城？
都在青山绿水中……

呵！此山此水入胸怀，
此时此身何处来？

……黄河的浪涛塞外的风。

此来关山千万重。

马鞍上梦见沙盘上画：
"桂林山水甲天下"……

呵！是梦境呵，是仙境？
此时身在独秀峰！

心是醉呵，还是醒？
水迎山接入画屏！

画中画——漓江照我身千影，
歌中歌——山山应我响回声……

招手相问老人山，
云罩江山几万年？

——伏波山下还珠洞，
室珠久等叩门声……

鸡笼山一唱屏风开，
绿水白帆红旗来！

大地的愁容春雨洗，

请看穿山明镜里——

呵！桂林的山来漓江的水——
祖国的笑容这样美！

桂林山水入胸襟，
此景此情战士的心——

是诗情呵，是爱情，
都在漓江春水中！

三花酒掺一分漓江火，
祖国呵，对你的爱情百年醉……

江山多娇人多情，
使我白发永不生！

对此江山人自豪，
使我青春永不老！

七星岩去赴神仙会，
招呼刘三姐呵打从天上回……

人间天上大路开，

要唱新歌随我来！

三姐的山歌十万八千箩，
战士呵，指点江山唱祖国……

红旗万梭织锦绣，
海北天南一望收！

塞外的风沙呵黄河的浪，
春光万里到故乡。

红旗下：少年英雄遍地生——
望不尽：千姿万态"独秀峰"！

——意满怀呵，情满胸，
恰似漓江春水浓！

呵！汗雨挥洒彩笔画：
桂林山水——满天下！……

国旗

严 辰

十月的清新的风，
吹过自由中国的广场，
耀眼的五星红旗，
在蓝色的晴空里飘扬。

旗啊，你庄严又美丽，
就像刚开放的花朵一样；
你是英雄们的鲜血涂染，
从斗争的烈火里锻炼成长。

我们，四万万七千五百万人，
曾经日夜不停地织你，
我们织你用生命和爱情，
用自由幸福的崇高的理想。

当你在祖国的晴空升起，

我们所有的眼睛都注视着你，

所有的喉咙呼喊你，歌颂你，

所有的手都卫护你，向你敬礼！

当你在祖国的晴空升起

一切事物迅速地起着变化，

陈腐的要新生，

暗淡的要有色彩，

衰老的变年青，

丑陋的变漂亮。

愁苦的得到了欢乐，

污浊洗净，黑暗的发出光芒，

沉默的无声的国土，

到处爆裂出雷动的笑声和歌唱。

国旗呵，你是战斗的意志，

表现了我们无穷无尽的力量，

你被人民百年来所追求，

又指引人民去到新社会的方向。

太阳会落下，

河水会干涸，

你——中国人民胜利的旗帜，

却永远年青，永远高高地飘扬在世界上！

大地

管　桦

草木因为常常忘掉大地的恩情，
让暴雨洗净通身悔恨，
狂风中俯下身去，
像孩子把头倚在妈妈胸膛，
泪水打湿了大地的衣裳。

我看见河水如同发狂的野兽，
摇摆着大风吹起的鬃毛，
撒泼打滚儿地横冲直撞，
要爬上高高的山岗。
而大地却默默无声地，
承担着高山的重压，
经受着雨雪风霜。

当落叶被秋风卷走，
暴风雪凶猛地扑下天空，

残杀大自然一切生命。

不朽的大地呀，

你忍受着寒冷，

把万木之根，连同小小的种子，

都抱在你温暖的怀中！

广漠无垠的大地，

你沐浴着太阳怒发的红光，

闪闪耀眼，如同辽阔的海面。

迎风摇曳的芦苇丛是那美丽的岛屿，

天边的浮云是那航船张起的篷帆。

我爱那拍天的谷浪和茫茫稻海，

爱那芬芳的果园和无边的森林。

爱那高耸云霄连绵起伏的峰峦，

和那蓝天下闪动着一层层牛羊的草原。

爱那雄鹰的长鸣和奔马的嘶啸，

爱那云雀的歌唱和黄莺的鸣啭，

却浑然没有想到给予这一切生命的大地！

你把深沉的静默淹没在大自然的轰响里。

大地，绿遍天涯的野草，

显出你的谦卑。

水上亭亭直立的芙蓉，

使我看见了你的纯洁，

盛开的野菊花,

闪耀着你生命的微笑。

你的坚忍和沉默,

是在那傲立冰雪的松柏苍绿中。

我还看见踏在你头上的神像,

都是偷窃你大地的尘埃所捏造。

你只是轻轻抖动一下身子,

神像便纷纷倒下,委散在尘埃里了。

但是,我在喧哗的江河

也看见了你的宽容。

万世不朽的大地呀,

你以你的坚忍、谦卑,

纯洁、宽容和尊严,

使你的孩子们伟大。

而这世界上最伟大的人物,

都一刻也不曾离开过你的摇篮!

我追随在祖国之后

梁　南

我的足音，是我和道路终生不渝的契约，
是我亲吻大地得到的响应。
我渴求污垢不要沾染母亲的花裙，
难道是我过分？不！是人子爱她之深。
我愿做她驱使的舟楫和箭，水火相随；
我愿如驼队，昂首固执地穿越戈壁，
背负她沉重的美好，以罗盘做我的心。

渴望她优美的形象映红世界民族之林，
我探索风向标的误差，知足者的衰微；
探索人们对真理的怀念，对美学的虔诚；
思忖粉饰的反作用，偶像的破坏性能；
考核安乐椅的磨损力，先民们的艰辛；
查证狂欢时的失误，严谨时的繁盛；
研究实事求是的哲学，刚直不阿的本分……

我探索，拥抱阳光，栉风沐雨，
曾鲁莽，造次，也曾执着，认真；
时而在严肃中思考，时而在意料外欢欣；
我以惭愧去接受不幸，我走向沼泽，
深入茫无涯际的古林，蚊蚋如雾的处女地；
历经了种种炼火，我仍是母亲衣领上
一根纬线，时刻闻着她芬芳的呼吸。

我是滚滚波涛中微不足道的一滴水，
我是银河系中最渺小的一颗星，
我是横越荒寒的天鹅翅上的一片毛羽，
我是组成驼铃曲中的短促一声……
昨天已经死去，明天即将诞生，
探索的岂止是我，是一支欢快的队伍，
一个自强的民族，我是走在最后一人。

我不属于我，我属于历史，属于明天，
属于祖国——花冠的头顶，风的脚步，太阳的心。
从黎明玫瑰色的云朵穿过，向远方，
如风吹，如泉流，如金鼓，如急钲，
一声呼，一声唤，一声笑，一声吟，
款款叩击着出生我的广袤大地，
这行进之音，恳切而深深，
像探索一样无尽……紧紧把祖国追随。

祖国

姜　桦

祖国，今夜，我将你放进一江月光里

放下你的大地、天空、森林、河流

江水清洗着岸边的野花

白胖胖的婴儿，在梦中吮着手指

月光里，祖国，你水灵

如一支嫩生生的茭白

今夜，地里的庄稼已经成熟

一只手，将巨大的秋天向我推动

祖国，你的天空干净，挂不住一丝目光

一朵金黄的葵花，盛开在

唯一能留住我生命的时刻

在辽远的大地上写下滚烫的诗行、我的泪

写下：秋夜的虫鸣、果园里的爱情

风剥开成熟的果实

从山坡上滚下，滚入江中

无数目光，抚摸着一个开花的名字

祖国，你的花朵和土地 被月光淹没

连同我的誓言、血管中流淌的红河

在驻足中仰望、仰望中沉思

祖国，你广袤、博大、深刻

在我心底的分量太重

像这水底、这月光晃不动的巨石

今夜，祖国，我将你放进一江月光里

什么也不能停止我的歌唱

黑夜不能、风雨不能、火不能、血不能

一千次的死，我也要

将心底的那个字说出

虫鸣沉寂，这是祖国

大地走动，这是祖国

泪水中的祖国、血脉里的祖国

骨头里的祖国

贯穿着整个生命的祖国

高举一束沉甸甸的稻穗

我含着眼泪

轻轻轻轻地叫一声

祖国！

山雀子噪醒的江南

饶庆年

山雀子噪醒的江南，一抹雨烟

到处是布谷的清亮，黄鹂的婉转，竹鸡的缠绵

看夜的猎手回了，柳笛儿在晨风中轻颤

孩子踏着睡意出牧，露珠绊响了水牛的铃铛

扛犁的老哥子们，粗声地吆喝着问候

担水的村姑，小曲儿洒一路淡淡的喜欢

山雀子噪醒的江南，一抹雨烟

我的心宁静地依恋，依恋着烟雨江南

故乡从梦中醒来，竹叶抖动着晨风的新鲜

走尽古老的石阶，已不见破败的童话

石砌的院落，新房正翘起昂扬的飞檐

孩子们已无从知道当年蕨根的苦涩

也不再弯腰拾起落地的榆钱

乡亲们泡一杯新摘的山茶待我，我的心浸渍着爱的香甜

山雀子噪醒的江南，一抹雨烟

我爱崖头山脚野蔷薇初吐的芳蕊

这一簇簇野性的艳丽，惹动我一瓣甜蜜，半朵心酸

望着牛背上打滚儿如同草地上打滚儿的侄儿们

江南烟雨迷蒙了我凝思的双眼

这些懂事的孩子过早地担起了父辈的艰辛

稚气的眸子，闪射着求知的欲念

可是，草坡上他们却在比赛着骂人的粗野

油灯下，只剩"抓子儿"的消遣

山雀子噪醒的江南，一抹雨烟

那溪水半掩的青石，沉默着我的初恋

鸭舌草多情记忆里，悄悄开着羞涩的水仙

赤脚，我在溪流中浣洗着叹息

浣洗着童年的亲昵，今日的无言

小路幽深，兰草花默默地飘散着三月

小路又热烈，野石榴点燃了如火的夏天

小路驮着我长大，林荫覆盖我的几多朦胧

山雀子噪醒的江南，一抹雨烟

山雀子噪醒的江南，一抹雨烟

烟雨拂撩着我如画的江南

桂花酒新酿着一个现实的故事

荞花蜜将我久藏的童心点染

我的心交给了崖头的山雀

衔一片喜悦装点我迟到的春天

山雀子衔来的江南，一抹雨烟

纪念碑

江　河

我常常想
生活应该有一个支点
这支点
是一座纪念碑

天安门广场
在用混凝土筑成的坚固底座上
建筑起中华民族的尊严
纪念碑
历史博物馆和人民大会堂
像一台巨大的天平
一边
是昨天的教训
另一边
是今天，是魄力和未来

纪念碑默默地站在那里

像胜利者那样站着

像经历过许多次失败的英雄

在沉思

整个民族的骨骼是他的结构

人民巨大的牺牲给了他生命

他从东方古老的黑暗中醒来

把不能忘记的一切都刻在身上

从此

他的眼睛关注着世界和革命

他的名字叫人民

我想

我就是纪念碑

我的身体里垒满了石头

中华民族的历史有多么沉重

我就有多少重量

中华民族有多少伤口

我就流出了多少血液

我就站在

昔日皇宫的对面

那金子一样的文明

有我的智慧，我的劳动

我的被掠夺的珠宝

以及太阳升起的时候

琉璃瓦下紫色的影子

——我苦难中的梦境

在这里

我无数次地被出卖

我的头颅被砍去

身上还留着锁链的痕迹

我就这样地被埋葬

生命在死亡中成为东方的秘密

但是

罪恶终究会被清算

罪行终将会被公开

当死亡不可避免的时候

流出的血液也不会凝固

当祖国的土地上只有呻吟

真理的声音才更响亮

既然希望不会灭绝

既然太阳每天从东方升起

真理就会把诅咒没有完成的

留给了枪

革命把用血浸透的旗帜

留给风，留给自由的空气

那么
斗争就是我的主题
我把我的诗和我的生命
献给了纪念碑

祖国啊，我要燃烧

叶文福

当我还是一株青松的幼苗，
大地就赋予我高尚的情操！
我立志做栋梁，献身于人类，
一枝一叶，全不畏雪剑冰刀！

不幸，我是植根在深深的峡谷，
长啊，长啊，却怎么也高不过峰头的小草。
我拼命吸吮母亲干瘪的乳房，
一心要把理想举上万重碧霄！

我实在太不自量了：幼稚！可笑！
蒙昧使我看不见自己卑贱的细胞。
于是我受到了应有的惩罚，
迎面扑来旷世的风暴！

啊，天翻地覆……

啊，山呼海啸……
伟大的造山运动，把我埋进深深的地层，
我死了，那时我正青春年少。

我死了，年轻的躯干在地底痉挛，
我死了！不死的精灵却还在拼搏呼号：
"我要出去！我要出去！我要出去啊——
我的理想不是蹲这黑的囚牢！"

漫长的岁月，我吞忍了多少难忍的煎熬，
但理想之光，依然在心中灼灼闪耀。
我变成了一块煤，还在舍命呐喊：
"祖国啊，祖国啊，我要燃烧！"

地壳是多么的厚啊，希望是何等的缥缈，
我渴望！渴望面前有一千条向阳坑道！
我要出去：投身于熔炉，化作熊熊烈火，
"祖国啊，祖国啊，我要燃烧！"

我站在祁连山顶

李　季

像一个守卫边疆的战士，
我昼夜站在祁连山顶。
我站在那雄伟的井架下面，
深情地照料着我的油井。

虽然是严寒封锁了大地，
虽然是风沙吹打得睁不开眼睛；
不论什么时候我都不愿离开一步。
哪怕是寒冷得连鼻涕也冻结成冰。

在山顶上我一点也不觉得寂寞，
整天陪伴我的是那祁连群峰。
黑夜里，群山悄悄地隐入夜幕，
这时候，来拜访我的是北斗七星。

辽阔坦平的戈壁就在我的脚下，

行驶着的车队像一群小小的甲虫，
排成长列的白雪前来把我慰问，
乐队总是那高傲的小鹰的嗥鸣。

我见过黎明怎样赶走黑夜，
我见过破晓前最后熄灭的那颗晨星，
我见过坐着第一辆车去上工的兄弟，
我见过金光四射的太阳怎样升上天空。

最后一分钟

李小雨

午夜。香港，
让我拉住你的手，
倾听最后一分钟的风雨归程。
听你越走越近的脚步，
听所有中国人的心跳和叩问。

最后一分钟，
是旗帜的形状，
是天地间缓缓上升的红色，
是旗杆——挺直的中国人的脊梁，
是展开的，香港的天地和天空，
是万众欢腾中刹那的寂静，
是寂静中谁的微微颤抖的嘴唇，
是谁在泪水中一遍又一遍
轻轻呼喊着那个名字：
香港，香港，我们的心！

我看见，

虎门上空的最后一缕硝烟

在百年后的最后一分钟

终于散尽；

被撕碎的历史教科书

第 1997 页上，

那深入骨髓的伤痕，

已将血和刀光

铸进我们的灵魂。

当一纸发黄的旧条约悄然落地，

烟尘中浮现出来的

长城的脸上，黄皮肤的脸上，

是什么在缓缓地流淌——

百年的痛苦和欢乐，

都穿过这一滴泪珠，

使大海沸腾！

此刻，

是午夜，又是清晨，

所有的眼睛都是崭新的日出，

所有的礼炮都是世纪的钟声。

香港，让我紧紧拉住你的手吧

倾听最后一分钟的风雨归程，

然后去奔跑，去拥抱，
去迎接那新鲜的
含露的、芳香的
扎根在深深大地上的
第一朵紫荆……

美丽的白莲

晏　明

　　永远的呼唤。

　　四百年的呼唤。

　　四百年的期盼，

　　四百年沉重的眷恋。

　　四百年离散的澳门，

　　度过四百年痛苦思念。

　　一朵美丽的白莲飘来，

　　笑着，笑着，飘来。

　　碧蓝蓝的海水，

　　碧蓝蓝的天。

　　澳门，一片碧蓝。

　　祖国，一片碧蓝。

　　喜悦的泪水淌满腮，

　　迎来串串白莲盛开。

　　四百年的苦苦思念，

　　霎时化为彩霞璀璨。

四百年，四百年，
绽开最美的欢笑，
最美的欢笑
是归来的白莲……

台湾，归来啊

周　波

五彩缤纷的焰火，

震人心弦的礼炮，

高亢激越的乐曲，

幸福美好的欢笑——

可此刻我的情思，

正随着南去的浮云，

飘向那两千三百万骨肉同胞。

啊！台湾——

祖国的儿子，

你何时回到母亲的怀抱！

长安街上，

天安门前，

正等待着你归来报到。

奔腾的台湾海峡呵，

掀起汹涌的波涛，

波涛呵，

热情地拥抱台湾宝岛。

我站在那波峰浪尖，

向你呵——台湾姐妹，

亲切把手招。

多少望乡的老人仰天回首，

多少分离的骨肉把亲人寻找；

哼一曲家乡的《杨柳青》哟，

思念的泪水沸腾燃烧——

富饶的台湾呵，美丽的海岛，

炎黄子孙怎能忍受分割的煎熬。

时代潮流势不可挡滚滚向前，

统一祖国的大业谁也不能阻挠。

十四亿人民发出钢铁的誓言，

两千三百万同胞日夜在盼望祈祷，

金门、马祖洒满思乡的泪水，

咆哮的海峡卷起回归的浪潮——

愿民族的大义捐弃藩篱和前嫌，

愿烽火台鸣响欢庆的礼炮，

愿飘离的彩云融进故乡的明月，

愿神州盼望的一天早日来到——

日月潭换上新颜，

阿里山脱去愁帽，

台北、高雄齐声呼喊：

"祖国呵——母亲，我回来了！"

那时呵，

海峡两岸高举鲜花放声歌唱，

歌声冲破了万里海涛。

手携着手我们来到中南海，

金水桥头合影一张团圆照。

啊！台湾——

祖国的儿子，

祖国的宝岛，

过来吧，

让母亲亲吻，

让母亲拥抱，

你看那青松翠柏之中，

英烈们正露出欣慰的微笑。

节日的夜晚呵，

怎能叫我不欢笑，

欢笑的声中呵，

又怎能叫我忘记了，

掀开窗帘展开遐想的翅膀，

心潮拍打着汹涌的海涛。

台湾，归来啊，
归来啊，台湾——
呼啸的海浪放开嗓音大声宣告：
中华民族统一自己神圣的领土，
这一天定将来到

祖国，我的母亲

米福松

在喂养革命的艰辛岁月

你是一碗盛满体温的乳汁

仅有的坚贞和爱

被挤得　直到干瘪为止

当自由和幸福　终于姗姗降临

你为之付出　膝下儿女和最后的小米

在举杯庆功的盛宴上

或者　在每一个细小又平常的日子

你似乎　有意让我把你忽略

我该去哪里找你　你的

一脸沧桑和一身洗白的布衣

其实你近在我的身边

有时是一条平坦的路

有时是一棵遮阳挡风的树

有时是我的新住房　书桌上一盏无言的灯

有时

你是我疲惫时　在街心花园

等着我的一把靠椅

今天　你让我把目光放远

随着你在太空飞翔的英姿

让我热血澎湃　当你在奥运会上

奏响一支进行曲

让我热爱和平也热爱战火中

每一个无辜的孩子

你是联合国庄严的一席

让我坚信生活也包括生活中的艰难和挫折

你是华夏大地春笋般茁壮的奇迹

而我即使远走天涯海角

你依然　倚在家的门口

向我挥动着　一方缀上五星的红丝巾

为我　拭去孤独和疑虑

让我记着你的谆谆叮嘱　母亲啊

你给我永远的温暖和勇气　给我

生命中可以捐献的一切

乡下的祖国

刘福君

只有在县级地图上才能找到你
你是故乡，是我乡下的祖国
找到你，就找到了我的两亩水田
三亩坡地、开花的果园，找到
我的妻子和小黑水罐似的儿子
我乡下的祖国啊，我们一边
修渠整堰，一边爱上插秧的春天

蓝天下的田野，瓦舍上的炊烟
抬起头就看见屋后绵延高大的燕山
我乡下的祖国啊，你是我——
炕头的灯盏、场上的柴垛、门前的菜园
也是我的篱笆、马车、割谷的快镰
我用青草叫住牛羊，野花唤醒露水
一起倾听你的鸡鸣犬吠和归燕的呢喃

我的故乡　我乡下的祖国

我以米粒呼唤、泥土作梦住在你的中间

你的蝴蝶、蜜蜂、鸽子、飞翔的云彩

你的田埂、石坝、土墙、守护的栅栏

乡下的祖国啊，从大地到天空

我热爱你低处或高处的阳光

也珍惜你阴影深处的血汗

像一条河水流过两旁的堤岸

我的爱是浪花是水草说不清的依恋

头戴麦秸草帽走过黄泥土路

我用四季风雨编织五谷丰登的花环

祖国祖国，我乡下的祖国啊

至于偶尔的歉收或一两张白条

我就笑着写进这首略带忧伤的诗篇

祖国，我是你日夜奔涌的河流

康　桥

祖国，我是你日夜奔涌的河流

每一滴水都携带着幸福的闪电

如果不是因为爱

我怎么会从自己的胸腔

劈出长长的河流

日夜流淌　从生命的深处走来

我就是长江　我就是黄河

如果没有浓于乳汁的滋养

我的黄土地又怎么会

托举出一座又一座山峰

那绵延的山脉是不倒的长城

珠穆朗玛　世界上最硬的骨骼

我的祖国在风霜雪雨中

昂起高贵的头颅　群山

隐伏　飞翔的翅膀

旋起大风　九万里长空

硝烟尽散

祖国，请把我警惕的眼睛

镶嵌在你血乳的胸前

我的血脉里

流动着不竭的誓言

我的湖泊　我的山川

我前赴后继的英雄儿女

你们——我生命的源泉

赴汤蹈火我也要奔流到海

祖国

谢克强

一

你是

半坡博物馆里出土的那只陶罐

质朴、丰盈还有几分亮丽

你是

秦始皇统一天下的那把长剑

倚天拄地而立

你是

随州擂鼓墩出土的青铜编钟

轰响一个民族的心律

你是

绵延千里伸向远天的丝绸之路

翻过岁月的坎坷走向平坦

你是

飘扬在天安门广场上的五星红旗

猎猎飞舞迎接新世纪的风雨

二

含在口里

你是我儿时放牧的一片叶笛

和吟诵的唐诗宋词

贴在胸口

你是我远离故土相思的红豆

和饿了充饥的红薯

捧在手上

你是我家一只祖传的青瓷大碗

和我描画未来的彩笔

扛在肩头

你是父亲走向荒漠拓荒的犁铧

和我屹立边哨的枪刺

倚在怀里
你是我母亲饱满多汁的乳房
和妻子温情的手臂

三

迎着熹光
你是一只衔着橄榄枝的白鸽
飞在人类祈祷的瞩望里

穿破黑暗
你是一座熠熠闪烁光华的灯塔
屹立时代风云际会的港口

伴着鼓角
你是女足运动员脚下的足球
角逐在世界的绿茵场上

风雨征途
你是一页历经沧桑才兜满春风的征帆
逆着激流险滩进击

浴着秋阳

你是一棵伤痕累累又勃发生机的大树

挂满甘甜也有点酸涩的果实

祖国，我们的祖国

刘丙钧

我听妈妈讲过，女娲
用黄土造人的神话传说，
但我却相信它是真的
不信，你看，
我们身上土地一样的肤色。
我们是这块土地的灵魂，
这块土地是我们的骨骼。

祖国，我们的祖国。

我听妈妈讲过，古莲子
和古莲子一样的祖国。
苏醒了，沉睡千年的古莲子，
吐出渴望，吐出崭新的绿叶。
站起来了，古老却又年轻的祖国。
闪烁着五颗星星的红旗下，

开创着崭新的生活：
太阳般火热的生活，
春天般蓬勃的生活，
山岭般雄浑的生活，
江河般激越的生活。

祖国，我们的祖国。

我听妈妈讲过星星，
无数星星列成了银河；
我听妈妈讲过树木，
许多树木聚成了森林。
于是，我想，
祖国，就是
孩子和妈妈的总和。
孩子的眼睛是祖国的天空，
妈妈的呼吸是祖国的脉搏；
孩子的笑声是春天的花蕾，
妈妈的乳汁是长江、黄河。

妈妈，我的妈妈。
祖国，我们的祖国。

祖国之秋

曹宇翔

今日你徒步走进秋天的广场
深秋了，天已转凉，菊花开放
风把四个湛蓝的湖泊运向空中
空中，缓缓驶过云霞船队
空中，雁翅划动季节的双桨
用歌声迎接大地起伏的歌声
在澄明的秋天你看见所有人民
城市、乡村、太平洋的波浪
甚至看到你远逝的童年，祖母
干草垛，一个孩子摇响铃铛
这原野、河流，这落叶、果实
每天，广场升起一面旗帜
每天，土地长出一轮光芒
一切都是值得的，内心幸福
你笑了，想起曾有的一个梦想
谁能不爱自己的祖国呢

"祖国"，当你轻轻说出这个词
等于说出你的命运、亲人、家乡
而当你用目光说到"秋天"
那就是岁月，人生啊，远方

大山欢笑

孙友田

一阵炮，

大山喜得跳，

喊醒怀中黑宝：

快快，

别再睡懒觉！

春到人间，

快快提前去报到！

万年煤层打个滚，

一山乌金往外冒。

云散，

烟消，

寂静山林变热闹：

风钻响，

岩石笑，

军号鸣，

哨子叫，

锣鼓喧天红旗飘。

黑宝石，

往外跑，

满山满谷金光照，

一路大声喊：

我是煤，

我要燃烧！

我是煤，

我要燃烧！

戈壁日出

李　瑛

当尖峭的冷风遁去，
荒原便沉淀下无垠的戈壁；
我们在拂晓骑马远行，
多么渴望一点颜色，一点温煦。

忽然地平线上喷出一道云霞，
淡青、橙黄、橘红、绀紫，
像褐色的荒碛滩头，
萎弃一片雉鸡的翎羽。

太阳醒来了——
它双手支撑大地，昂然站起，
窥视一眼凝固的大海，
便拉长了我们的影子。

我们匆匆地策马前行，

迎着壮丽的一轮旭日，
哈，仿佛只需再走几步，
就要撞进它的怀里。

忽然，它好像暴怒起来，
一下子从马头前跳上我们的背脊，
接着便抛一把火给冰冷的荒滩，
然后又投出十万金矢……

于是，一片燥热的尘烟，
顿时便从戈壁上腾起，
干旱熏烤得人喘马嘶，
几小时我们便经历了四季。

从哪里飞来一片歌声，
雄浑得撼动戈壁——
我们的勘测队员正迎向前来，
在这里，我看见了人民意志的美丽！

刻在北大荒的土地上

郭小川

继承下去吧，

我们后代的子孙！

这是一笔永恒的财产——

千秋万古长新。

耕耘下去吧，

未来世界的主人！

这是一片神奇的土地——

人间天上难寻。

这片土地哟，

头枕边山、面向国门；

风急路又远啊，

连古代的旅行家都难以问津。

这片土地哟，

背靠林海，脚踏湖心；

水深雪又厚啊，

连驿站的千里马都不便扬尘。

这片土地哟，

一直如大梦沉沉！

几百里没有人声，

但听狼嚎、熊吼、猛虎长吟。

这片土地哟，

一直是荒草森森！

几十天没有人影，

但见蓝天、绿水、红日如轮。

这片土地哟，

过去好似被遗忘的母亲！

那清澈的湖水啊，

像她的眼睛一样望尽黄昏。

这片土地哟，

过去犹如被放逐的黎民！

那空静的山谷啊，

像他的耳朵一样听候足音。

永远记住这个时间吧：

1954 年隆冬时分。

北风早已吹裂大地，

冰雪正封闭着古老的柴门。

永远记住这些战士吧：

一批转业的革命军人，

他们刚刚告别前线，

心头还回荡着战斗的烟云。

野火却烧起来了！

它用红色的光焰昭告世人：

从现在起，

北大荒开始了第一次伟大的进军！

松明都点起来了！

它向狼熊虎豹发出檄文：

从现在起，

北大荒不再容忍你们这些暴君！

谁去疗治脚底的血泡呀，

谁去抚摸身上的伤痕！

马上出发吧，

到草原的深处去勘察土质水文。

谁去清理腮边的胡须呀，

谁去涤荡眼中的红云！

继续前进吧，

用满身的热气冲开弥天的雪阵。

还是吹起军号啊！

横扫自然界的各色"敌人"。
放一把大火烧开通路,
用雪亮的刺刀斩草除根!
还是唱起战歌呵,
以注满心血的声音呼唤阳春。
节省些口粮作种籽,
用扛惯枪的肩头把犁耙牵引。

哦,没有拖拉机,
没有车队,没有马群……,
却有几万亩土地——
在温暖的春风里翻了个身!
哦,没有住宅区,
没有野店,没有烟村……,
却有几个国营农场——
在如林的帐篷里站定了脚跟!

怎样估价这笔财产呢?
我感到困难万分。
当我写这诗篇的时候,
机车如建筑物已经结队成群。
怎样测量这片土地呢?
我实在力不从心。
当我写这诗篇的时候,

绿色的麦垄还在向天边延伸。

这笔永恒的财产啊,
而且是生活的指针!
它那每条开阔的道路呀,
都像是一个清醒的引路人。
这片神奇的土地啊,
而且是真理的园林!
它那每只金黄的果实呀,
都像是一颗明亮的心。

请听:
战斗和幸福,革命和青春——
在这里的生活乐谱中,
永远是一样美妙的强音!
请看:
欢乐和劳动,收获和耕耘——
在这里的历史图案中,
永远是一样富丽的花纹!

请听:
燕语和风声,松涛和雷阵——
在这里的生活歌曲中,
永远是一样地悦耳感人!

请看：

寒流和春雨，雪地和花荫——

在这里的历史画卷中，

永远是一样地醒目动心！

我们后代的子孙啊，

共产主义时代的新人！

埋在这片土地里的祖先，

怀着对你们最深的信任。

你们的道路，

纵然每分钟都是那么一帆风顺，

也不会有一秒钟——

遗失了革命的灵魂……

未来世界的主人啊，

社会主义祖国的公民！

埋在这片土地里的祖先，

对你们抱有无穷的信心；

你们的生活，

纵然千百倍地胜过当今，

也不会有一个早上——

忘记了这一代人的困苦艰辛。

是的，一切有出息的后代，

历史珍视革命先辈的遗训。
而不是虚设他们的灵牌——
用三炷高香侍奉晨昏。
是的，一切有出息的后代，
历来尊重开拓者的苦心，
而不是只从他们的身上——
挑剔微不足道的灰尘。

……继承下去吧，
我们后代的子孙！
这是一笔永恒的财产——
千秋万古长新；
……耕耘下去吧，
未来世界的主人！
这是一片神奇的土地——
人间天上难寻。

我站在祖国地图前

纪　宇

我有过梦幻：
成神，成仙，
生对千里眼，
站在一峰之顶，
看遍群山；
我曾经渴盼：
如鹰，如雁，
迎风把翅展，
从长江入海口，
飞向江源……
行万里路，
是我的心愿；
读万卷书，
学水滴石穿。

这不是梦幻：
此刻，

我站在祖国地图前，
万山耸立比高，
奔来眼底；
百川纵横归海，
入我心间。
看五颜六色，
都是形象语言。
金黄的是沙漠，
深褐的是高山，
碧蓝的是湖泊，
翠绿的是平原，
淡绿的是沼泽，
浅蓝的是海湾……
祖国妈妈，我告诉您，
我长得这么健康，
眼如星亮，
眉似月弯，
身像松挺，
面若花绽，
是因为我有一个
九百六十万平方千米的
巨大摇篮。

珠穆朗玛峰，
举手能摩天。
南沙诸海岛，
撒开珍珠串。

五岳竞雄奇，

江河扬征帆。

沿江而下，

看三峡之险。

登上泰山，

望日出壮观。

祖国呀，妈妈，

您的怀抱，

这么宽阔而温暖！

我站在祖国地图前，

像看着母亲的相片。

妈妈，您不老，

正当青春盛年。

我向妈妈问好，

妈妈含笑不言，

无声更胜有声，

我懂得妈妈的深情一片。

看哪里铁路未通，

问何处还是荒原。

沙漠在呼唤绿色，

河水正思念电站。

按照宏伟蓝图，

给妈妈做件衣衫！

我站在祖国地图前，

像依偎在妈妈身边……

我在一颗石榴里看见了我的祖国

杨　克

我在一颗石榴里看见我的祖国

硕大而饱满的天地之果

它怀抱着亲密无间的子民

裸露的肌肤护着水晶的心

亿万儿女手牵着手

在枝头上酸酸甜甜微笑

多汁的秋天啊是临盆的孕妇

我想记住十月的每一扇窗户

我抚摸石榴内部微黄色的果膜

就是在抚摸我新鲜的祖国

我看见相邻的一个个省份

向阳的东部靠着背阴的西部

我看见头戴花冠的高原女儿

每一个的脸蛋儿都红扑扑

穿石榴裙的姐妹啊亭亭玉立

石榴花的嘴唇凝红欲滴

我还看见石榴的一道裂口
那些风餐露宿的兄弟
我至亲至爱的好兄弟啊
他们土黄色的坚硬背脊
忍受着龟裂土地的艰辛
每一根青筋都代表他们的苦
我发现他们的手掌非常耐看
我发现手掌的沟壑是无声的叫喊

痛楚喊醒了大片的叶子
它们沿着春风的诱惑疯长
主干以及许多枝干接受了感召
枝干又分蘖纵横交错的枝条
枝条上神采飞扬的花团锦簇
那雨水泼不灭它们的火焰
一朵一朵呀既重又轻
花蕾的风铃摇醒了黎明

太阳这头金毛雄狮还没有老
它已跳上树枝开始了舞蹈
我伫立在辉煌的梦想里
凝视每一棵朝向天空的石榴树

如同一个公民谦卑地弯腰

掏出一颗拳拳的心

丰韵的身子挂着满树的微笑

春风再一次刷新了世界

李少君

寒冷溃退，暖流暗涌
草色又绿大江南北
春风再一次刷新了世界

浓霾消散，新梅绽放
卸下冬眠的包袱轻装出发
所有藏匿的都快快出来吧

马在飞驰，鹰在进击
高铁加速度追赶飞机的步履
一切，都在为春天的欢畅开道

海已开封，航道解冻
让我们解开缆绳扬帆出海
驱驰波涛奔涌万里抵达天边的云霞

田畴上的父亲
——写给中国杂交水稻科学家袁隆平

汤养宗

你的奇迹就是让人吃饱每一餐饭。
多么宽广又让人小看的心愿，
对应的却是民以食为天这句高出云端的道理。
联合国粮农组织从来是个有些高冷
甚至不动声色的机构，而对你
却突然诗兴大发，授予你的奖牌
使用的是"拯救饥饿奖"这个
只有诗人可以打造并说的最到位的名字

这句话是你说的："一粒粮食
能够救一个国家，同时也可以绊倒一个国家。"
这里，大米的含义与针尖的含义
同时指向了一个民族的痛点
谁听到，都感到被刺痛了轻慢的神经。
这也说出了一个人心甘情愿的奋斗史：

如何把一粒大米变成十粒大米
为的是让中国人把饭碗端在自己的手里
而且要端着自己种出来的粮食

为此，我更愿意把你看作田畴上的父亲
一个躬身于地头却敢为社稷苍生
真正用心于稻粮谋的人。像那个生养我的农民
艰辛中常常忘记了吃饭和赞叹
而在心中，每一粒大米都头戴王冠都是庄严的
还大声地，将天下粮仓呼唤作万岁山。
你与粮食就像土地与庄稼，都是大地
最深情的一部分，你作为父亲又作为
土地之子的手轻轻抚过庄稼
庄稼便接受了神圣的叮嘱，并激情分蘖与抽穗
大地也由此有了传达，为赢得更多的稻香
用自己的戏法，在谷穗上
挂出了让中国一次次多起来的喜悦

如果有一个词可以概括你的一生
那只有两个字：辛苦。
从异形稻到杂交稻再到超级稻海水稻
从三系法育种法到两系法再到一系法
你手上的种子一直在变，而你自己
却越来越农民。你的名字已成为土地上

呼唤粮食的符号，你演绎着一个

大与小相搏的关系：饥饿是人类的一座座大山

而一粒小小的种子，却可以赶走它

我的把一生交给土地和粮食的老父亲啊

我名满天下与只专注田畴的父亲

你只是一介布衣，却又是天下谷粒的皇帝

有人说，你的杂交水稻技术，是中国

继火药、指南针、造纸术、印刷术后的

第五大发明，我只想说

你既是大米的王者又是田亩间最朴实的父亲。

中国得一人赢得了得自己的粮仓

人间的每块饭碗背后，都藏有个有名有姓的父亲

中国的碗底上钤着一个名字：袁隆平！

念黄河

周所同

地理书上读你。读你
如读故乡那条蓝幽幽的小溪
祖母的蒲扇下读你。读你
如读萤火虫一闪一闪的灯谜
梦境的矮檐下读你。读你
如读母亲倚门唤儿的亲昵
线装的唐诗里读你。读你
如读李白将进酒的豪气
黄河，黄河啊
我是你穿红兜肚的孩子

真的。我已不记得是怎么长大的了
只记得父亲拉纤归来
总为我采回一束蓝蓝的马莲
哦！这无字无声的摇篮曲
采自你纤绳匍匐号子裂岸的河畔

妈妈停下纺车就是三月了
三月的炊烟总是饿得又细又软
我拽着妈妈的愁绪去挖野菜
哦！野菜很苦很苦也很甜很甜
赤着的脚趾走在你的沙地
深刻感受到你十指连心的爱怜

数着你的渔火入梦，我的
小红帽就不再害怕狼外婆敲门了
喝口你的河水润嗓，我就
能把信天游唱成起起伏伏的山梁了
扎起你三道蓝的羊肚手巾
我就敢把山丹花别在姑娘鬓边
而吃一碗你的小米捞饭
我便见风儿长成北方一条壮汉！

喊我一声乳名儿吧！黄河妈妈
我是你善良的眼睛望高的孩子
也是你苦难的石头磨硬的孩子
只要你还有旋涡还有浅滩还有
第一千次沉船时高扬的手臂
我就会应声而来。长成你
第一千零一次不倒的桅杆！

祖国

车延高

生我，用岁月把我一天天喂大的地方
生我养我的人，把汗珠子摔碎当种子的地方
掰开泥土。让碗里盛满日子的地方。

住下，叫家；离开了，叫故土的地方
一口乡音和一群汉字唠家常的地方
一根黄河，一根长江，拴住一根肠子的地方
根离开了就会死，叶子死了还要归根的地方

这，就是我的祖国

祖国，是祖先为子孙开辟的疆土
祖国，是剪断了脐带却无法改换血脉的基因传承
祖国，是天地做主分封给华夏子孙的江山
祖国给我麦子的肤色
祖国给我黑白分明的眼睛

祖国很大，有 960 万平方公里
祖国又很小，一直住在我心里
我只有一颗心，也只有一个祖国
心对我有多重要
祖国对我就有多重要

春天的交响

刘笑伟

与朝阳一同升起的
有我们的胸膛
以及热切的、战鼓一样的心跳
还有空气中清澈、密集的鸟鸣
变得柔软的、返青的枝条
擦拭我们脸上的汗珠
手中的钢枪

与朝阳一同升起的
还有大海中我们犁出的
春草般跳动闪亮的航迹
洁白的浪花，在深蓝的律动中
弹奏岁月深沉的五线谱
看吧，甲板上的战机的翅膀
与悬挂在舱内的钟表的指针
一起计算着胜利的方程式

与朝阳一同升起的

还有我们的战位

和热气腾腾的呼吸

号手的手指穿过森林的迷彩

钢铁的指针无声

却胜过千言万语

还有我们高高举起的

发出誓言的手臂

与朝阳一同升起的

还有我们钢铁的营盘

它在大地上

在路上，也在肩上

日夜兼程，只为了前方

那个激动人心的目标

那个刻在我们准星和骨头上的时刻

听吧，我们钢铁的胸膛里

朝阳种下的一枚枚金灿灿的种子

正在迅猛地发芽

与盛大的春天一起

在天地间演奏激情澎湃的交响曲

祖国之夜

姜念光

这是他入伍后的第九十天，
凌晨两点，第一次站夜岗。
好像第一次看见真正的黑夜，
他有些害怕，也有些激动，
于是哗啦一下拉开枪栓，动静大得
令人吃惊。万物屏息，提着肝胆。

此刻，枪膛和他的胸膛一样空，
空虚的空，空想的空，或者
漫无目标的，空手白刃的，夜空的空。
为了压住心跳，他深呼吸，默念口令，
再次深呼吸，慢慢把一条河汉放进胸中。
然后他轻轻地推着枪栓，咔嗒一声，
一个清脆的少年，被推了进去。

在此之前，从来没有过这样的夜晚，

四面群山环列，满天都是星星。

从来没有这样庄严地站着，

用虎豹之心，闻察此起彼伏的夜籁之声。

是不是所有新兵，都会有一个这样的夜晚？

仿佛突然长大成人，开始承担命运，

并且突然清楚地想到了：祖国。

这个磐石的、炉火的、激流的词，

装上了热血的发动机，让他

从此，胆量如山，一生怀抱利器。

有一种行走叫"梦想"

赵宏杰

这是追溯莽莽长江、黄河源头

奔流到海不复回的祖国

这是穿过整整五千年的岁月

始终上下而求索的祖国

这是摆脱足足百年屈辱

我自横刀向天笑的祖国

这是浩浩百万雄师，冒着敌人炮火

万水千山只等闲的祖国

这是用地球百分之七的耕田

养活世界四分之一人口的祖国

这是冲破"姓资姓社"枷锁

一路高歌春天的故事

豪迈行进小康大道的祖国

"向前！向前！向前！"

锐意创新的掌舵人，率领我们

怀揣民族复兴的百年梦想

解放思想、实事求是地行走

全面、协调、可持续地行走

又好又快地行走

勇涉深水和险滩地行走

富强民主文明和谐美丽地行走

前无古人、后有来者

中国特色地

行——走

许多人都已看见

这支十四亿的庞大方队身后

水草日渐丰美

鲜花次第盛开

"新时代"这个词汇，通体布满

新鲜露珠，在祖国澄明的阳光下

闪闪发亮

祖国的高处

第广龙

祖国的高处
是我黄河出生的青海
是我阳光割面的西藏

三朵葵花在上
一盏油灯在上
我爱着的盐
就像大雨一场
穿过肝肠

秋天到来，秋风正凉
路上是受苦，命里是天堂
歌手打开琴箱
把家乡唱了又唱
安塞的山多，驿马的水旺
一遍一遍的声音

是洗净嘴唇的月光

祖国的高处
长者慈祥
一个是我的父亲
一个是我的亲娘
守着银川的米
守着关中的粮
一辈子有短有长
骨和肉都能抓牢
都能相像

窗花开放，岁月悠长
我心上的妹妹
身子滚烫
左手举壶口，右手指吕梁
你的温柔就是我的刚强
把银子装满睡梦
把生铁顶在头上
我的幸福，在泥土里生长

每一块煤，都含有灯火通明的祖国

邵　悦

对我来讲，没有黑暗

尽管我通体的黑，看上去

像隐秘日月星光的一块暗夜

我从千米深处的地层

被一群矿山的壮汉子

左一揪，右一揪地挖掘出来

亿万年了——

长年累月，黑暗的挤压

成就了我体内的能源

成就了我火热的品格

那群光着脊梁的硬汉子

又把沸腾的热血，注入我体内

把钢铁般坚不可摧的意志

移置到我的骨骼里

他们用家国情怀，挖掘出
我这块煤的家国情怀——
我自带火种，自带宝藏
每一块噼啪作响的我
都含有灯火通明的祖国

下党红了

谢宜兴

一路红灯笼领你进村，下党红了
像柑橘柿树，也点亮难忘的灯盏

公路仍多弯，但已非羊肠小道
再也不用拄着木棍越岭翻山

有故事的鸾峰廊桥不时翻晒往事
清澈的修竹溪已在此卸下清寒

蓝天下林地茶园错落成生态美景
茶香和着桂花香在空气中漫漾

虹吸金秋的暖阳，曾经贫血的
党川古村，血脉偾张满面红光

在下党天低下来炊烟高了，你想

小村与大国有一样的起伏悲欢

注：寿宁县下党乡，曾是福建省定贫困乡、宁德地区四个特困乡之一。

高山哨所

丁小炜

山脊上一个凸起的点
一个半地下工事
高山深沉，这里的人语狗吠
以及门前延伸的脚印
时常掀起微澜

每天争着出去背水
硕大的塑料桶，盛得下离家的苍茫
班长规定，每夜睡前烫脚
让脚力的付出反哺脚板
温暖的睡袋里会荡起水的涟漪

推开门，一伸手就摸到了蓝天
在这空阔的记事板上
写下每一次出勤记录
再过两天，上尉连长要来巡视

上尉好厨艺，总是欢快地抢起铁锅
颠走大家笨手笨脚的尴尬

日子一久，没有雪粒打在脸上
便觉得世界空空如也
巡逻时记得捡几块小巧的砾石
耳朵要记得存贮那些好听的鸟鸣
把它们和风声一起裹进大衣

顽皮的松鼠咬坏了通信光缆
义务的蓝军选手，设置了特情
班长一声令下，全体出动
在夜幕下提灯抢修
山路上，三个兵和一条狗的影子
绘成了这一夜不语的风景

巨轮的时代之歌

许　敏

春潮汹涌！云负苍鹰，残雪退至阴影
一支巨橹摇响万顷涛声

每一次潮头浪尖上的勇猛突进
每一次和风丽日下的行稳致远
磅礴、雄浑，都在抒写
史诗般的波澜壮阔
——都是中国号巨轮
发动新引擎，挺起巍峨的脊梁
劈波斩浪最生动的抒情与远航

从喀喇昆仑的坚贞勇毅
到东海之滨潮汛的回响
从人文、乡村、风情的草木之美
到社区的晨光、沸腾的厂矿
物联网、工业互联网的百鸟翔集

青山绿水至德至善的辞章

让我们徐徐铺开绵延的版图
致广大而尽精微——
黄河安澜，系着我们民族的
初心与来路；滚滚长江
冲开羁绊，拥抱光芒之境
凭栏远眺，青海湖碧波荡漾
雅鲁藏布江磅礴强劲的经脉
搏动着蓬勃生机，澎湃着崭新诗意

当我写下河流、山川，写下珍珠般的
南海诸岛，写下区域协同的交响
写下重点辐射的领唱
写下陆海统筹的协奏曲
写下好风凭借力，写下你
奔腾不息的创业史、奋斗史
写下改革的拓荒牛，写下千年蝶变

写下新引擎，写下诗意江南的
酩酊花事，写下美丽乡村幸福样本
写下发展轴、城镇带、都市群
写下"墨子号"、津沪干线
"东方超环"，这个世界的孤品

写下"科学芯"——
智能时代的追风少年

写下好风，写下日夜奔腾的
浩荡春水。家国命脉，苍生所依
心中流淌一江春水，祖国
你的绚烂、温婉、芬芳
就是一幅魅力四射的时代华章
翩若惊鸿！在灵魂深处掀起巨澜

"九章"领跑，"祝融"探火，"羲和"逐日
"天和"以梦为马遨游星河
打开波澜壮阔的画卷，每一寸土地
每一片星空都没有辜负
探索者的付出与伟力

在新的领海——打开尘封的天宇
找寻新的海拔和更壮丽的景色
大雅鎏金，旭日重生。中国号巨轮——
以万钧之力冲开千万里惊涛
新时代已为你开辟崭新的航线
旗帜上是风，风上是浩大的星辰和信仰

向春天进发

钱万成

此刻，站在南海之滨的椰子树下

遥望北方，遥望长城以北

山海关以东，那片山海相连

绵延千里的肥沃黑土

遥望我出生成长工作生活的地方

那里，刚刚下过一场大雪

城市、乡村，白茫茫一片

飞舞的雪花书写着无垠的广袤

高楼、大树和远处的山峰

矗立成一座座银色的玉雕

东北，生我养我的东北

白山黑水间一片美丽富饶的土地

我的祖先，曾在那里过着

"棒打狍子瓢舀鱼"的神仙日子

"春种一粒粟，秋收万颗子"

一片笸箩大的土地

就能养活一个上百户的村庄

我的东北，胸怀博大的东北
在兵荒马乱遍地饥馑的岁月
接纳过多少关里的流民
让他们在这里重拾温饱
和这里的百姓一起
日出而作，日落而息
赶着马车从地狱走进天堂

我的东北，也曾饱经磨难的东北
沙俄的枪炮，日本帝国的铁蹄
都无法让这条汉子屈服
他是一个斗士
越挫越勇，越战越强
让黑暗中挣扎的祖国
在这里看到黎明的曙光

东北，我英雄的东北啊
一部鲜血写成的国家历史
一部生命谱成的民族华章

十四年抗战，杨靖宇、赵尚志
带领抗日联军转战白山黑水

打过长江去，解放全中国

辽沈战役，四战四平，围困长春

人民解放军从这里发起反攻

还有抗美援朝，保家卫国

多少关东子弟，放下锄头

丢下书包，穿上军装，扛起钢枪

雄赳赳，气昂昂，跨过鸭绿江

东北，曾经的共和国长子

新中国民族工业的摇篮

第一架国产飞机，从这里上天

第一辆国产汽车，在这里下线

这里有无数个中国第一

这里有无数个世界奇迹

嫦娥一号，嫦娥二号

神舟一号，神舟二号

它们洞察世界和宇宙的眼睛

都生于这片神奇的土地

东北，我绿水青山的东北

长白山，大小兴安岭

生长着大片大片森林

松花江、鸭绿江、黑龙江
灌溉着大片大片良田
粮食、木材、石油、钢铁
水泥、电力、煤炭、天然气
源源不断地输往各地
让曾经困难中的祖国挺直腰杆

东北，我的东北曾经有过那么多
光荣历史，我们没有理由
不相信它会拥有更加美好的未来

我是东北子弟，我为这片土地骄傲
我是一名退役的老兵，我为
曾经拥有的名字和经历自豪
我现在是一个行走在民间的诗人
我要用诗为这片土地歌唱
要让世界每个角落都听到
东北雄浑高亢的声音

今日冬至，冬至还阳
我已听到母亲河冰下流水的响声
大雪封山，青松依然苍翠挺拔
山风呼啸，那是进军的号角
东北，我魂牵梦绕的东北

已经迈开脚步

向春天进发

"我们的日子来了"

缪克构

一九四九年五月二十七日
人们将这一天
称为上海的早晨
这一天的早晨下着雨
人们在沉沉的黑夜里醒来
在潮湿的、寂静的
枪声平息的时刻
打开家门——
世界不一样了！世界
开始有了色彩
那是被一面面旗帜染上的
喷薄的红色和盈盈的笑意

多么喜悦哟
这欢快的晨曲
昨日还是布满碉堡街垒、

阴森可怕的街道

现在已充满了节日的欢欣

多么喜悦哟

工人和市民的队伍、学生的行列

出现在街头

标语上写着——

"我们的日子来了"

多么喜悦哟

这早晨的歌谣激荡着

给每一个战士

献上一朵胜利花

多么喜悦哟

这欢呼的锣鼓声

把伟人的巨像

在大世界的门前挂起来

没有一个早晨不会到来

黎明，那薄雾的晨曦

仍带着寒意

黎明，那亮光蝉翼般张开

是这样的，用了千钧的伟力！

黎明前，那是怎样凝固的黑暗

一定得用镰刀、锤头

去敲打，去击碎，去摧毁！

大地啊，那是怎样坚固的牢笼

一定得用鲜血、生命

去挣脱，去革除，去改造！

只有经历过苦难的人们

才会深深体会光明的分量

只有经历过囚禁的人们

才会深深懂得自由的宝贵

那么，就让我们弹奏一首交响曲

去告别那一个漫长的黑夜

那么，就让我们用一个崭新的时间

去命名一个早晨的开始

"我们的日子来了"

赤水的水

卢卫平

赤水的水是依山傍水的水

是山高水远的水

是秦砖汉瓦时叫鳛水的水

是魏晋风骨称大涉水安乐水的水

是千山万水的水

是山重水复的水

赤水的水是如蹈水火的水

是水宿山行的水

是跋山涉水的水

是背水为阵背水一战的水

是绝处逢生涸鲋得水的水

是救中国革命于水火的水

赤水的水是亲人送水来解渴的水

是军民鱼水一家人的水

是血浓于水的水

是水乳交融的水

赤水的水是四渡赤水的水

是毛主席用兵如神滴水不漏的水

是构思精妙裁云剪水的水

是红军蛟龙得水的水

是兵来将挡水来土掩的水

是金沙水拍云崖暖的水

是南湖的船直挂云帆击水三千的水

此刻，我像很多人一样站在赤水边

赤水的水是时光如水的水

是饮水思源的水

是初心不改滴水穿石的水

是白水鉴心的水

是溯水行舟的水

是千年古训水可载舟亦可覆舟的水

谁在把酒临风吟诗作赋

赤水的水是名山胜水的水

是山明水秀的水

是水调歌头的水

是青山看不厌流水趣何长的水

是兼葭秋水的水

是桃花潭水深千尺的水

是春风沂水的水

是如鱼饮水的水

是上善若水的水

油井和煤油灯

离 离

第一口油井

让我最先想到小时候的煤油灯

那一小块光

曾照亮我整个童年

第一口油井，让我想到父亲

在灯下陪着我，那个幸福的孩子

我曾经去邻村买过煤油

小心翼翼怕摔了那个瓶子

如今在这里

看到曾经出过煤油的地方

更多的人开采

从地下，从他们的心里

从更深的骨头里挖掘

油是希望，是明天，是所有人心里的光

春天的路线

赵之遠

等铁线莲全部白了头
春天，也就不远了

鸟叫声啄破了寂空
青山，重叠在我眼睛里面

看不见的都是虚无
又总把所有人的幻想，向更虚无处延伸

天还没有黑
而月亮，已爬过了山巅
像有始有终的誓言

云松是真实的，翠翠地
和我并肩，走在路的两边

漆树头是红色的
火炬的形状，冒着火焰

还有打不死、刺黄泡、水马桑
这些杂乱无章生长在一起
看似拥挤的草木，都各有各的空间

如三年前那样，我现在走的
还是那条，为他人谋幸福的路线

拓路，时代的先锋

罗兴坤

蜿蜒于大山的公路，像一条缭绕

在天地间的丝带

从山村通往世界的路是向上的

幸福，不断让人仰望

顺着这时代搭建的云梯，人们就会走向

宽敞明亮的梦想

摘到爱的星辰和月亮

在江西吉水东螺村，当汽车从远方驶来

清脆的喇叭响起

深藏在大山深处的梦境

瞬间打开命运的锁链和绝壁

找到生活的宽阔和远方

在这里，向深山叫板的是一支 18 名党员的筑路队

他们把一面红色的党旗插在高山绝壁上

生命就交给了嵯峨的巉岩

镰刀和锤头，被一颗恒心和赤诚擦亮

当一座大山挡住人们的去路和希望

一个战斗堡垒，一支先锋队

以铁的意志和大山的毅力，寻找梦想的通途

18 颗心，就是 18 把锐利坚韧的钻头

18 双手臂，就是 18 架节节升高的梯子

白天，与顽石、悬崖、闭塞较劲

夜晚，同月亮、星星、梦想对话

向党旗上的鲜血借力

对横亘于生命的大山、绝路、穷困开战

每当人们谈起那时进不去机械

只靠人力、铁锤、铁锹拓路的情景

我依然听到寒风里嘹亮的号子

红旗猎猎，铁锤叮当，炮声隆隆

一种持久、无畏、拼搏的精神

在松涛里闪现，在天空升腾

使一座山摇晃、颤抖

巨岩低头，云层让路，梦想抬高

古老的松柏拍出响亮的掌声

在赣江两岸，红色大地，正是这些时代的先锋

奔走在泥泞风雨里

为远方和梦想，打通生活的经脉——

户户通，村村通，镇镇通

一条条幸福路、致富路，在时光里伸延拓宽

像一条条畅通澎湃的动脉

鼓荡着新的力量和希望

又像一根根明亮流畅的琴弦

被我们生活的脚步弹奏

一曲新时代的乐章，高亢而明亮

祖国奏鸣曲

唐 力

1

当鸟儿在风中写下飞翔的篇章

当朝阳在水面抬起头颅

它的光华铺陈整个水面，城市和乡镇

笼罩在巨大而灿烂的梦幻之中

金色、蓝色交错，波光、阳光交织

一幅幻美的图画呈现——

此时，桨声欸乃，汽笛长鸣，一座座城市醒来

——长江中的轮船，街道上的汽车

像巨大的鱼群

在如丝、如绸、如水的阳光中

驶向辽阔的梦想

他们：无数的人们在奔走

如同在光线上的奔走

他们躬起的脊梁

是大舜的脊梁，是大禹的脊梁

他们的背上，每一滴闪耀的汗珠

都在孕育一颗新生的太阳

——每一滴汗珠里，都有一个小小的

梦想，最终连同古老的梦想

一起汇入中国十四亿人巨大的梦想中

祖国，在新时代的晨光中醒来

张起巨大的船帆

鼓荡风的意志

在波浪中打开波浪，在波光中扬起梦想之帆

在道路中开拓道路，在阳光中举起希望之旗

向着大海出发，向着未来出发

迎着阳光，破浪前行

2

当鸟儿发出炫美的鸣叫，它们醒来了

在灿烂的阳光里、在缓缓展开的波浪里

醒来了：街道、工厂、车间、楼群

醒来了：阳光、霞光、波光

仿佛全都从一张洁白的宣纸中醒来

开启一场全新的梦想

在鸟儿飞翔的翅膀里，他们醒来了
在北京的时间里
在时针、分针、秒针的嘀嗒里
醒来了：那纺织的人，正在纺织天上的白云
醒来了：那剪裁的人，正在剪裁大地的霞光
醒来了：那敲打轴承的人，正在让时间开始
醒来了：那摇桨的人、那开车的人
缓缓驶出一幅古老的水墨画……
醒来了，他们醒来了，新时代的巨手
在他们的血脉中笔走龙蛇

长风浩荡，吹拂着黎明的衣衫
也吹拂着喷薄的激情
长风浩荡，吹拂着大地的辽阔
也吹拂着内心的辽阔

3

将一滴细小的雨水打开，就是水墨的中国
将一缕细微的春风打开，就是纸本的中国

每一次书写都是新的，从城市到乡村

从工厂到田间，从街道到阡陌

从粼粼碧波到淡淡茶香

从泥土的醇厚到网络的沸腾，都是新的

从缓慢行走的牛羊到飞驰的高铁，都是新的

每一片翻腾的波浪，都是新的

树上的鸟鸣，河中的雾气

草尖上的渴望

楼群上阳光的闪耀，都是新的

每一次，电子芯片里悄悄流动的电流

每一次，纺织机上的丝线，都是新的

每一次聆听，都是新的

每一次思考，都是新的

每一天，身体中充盈的朝霞都是新的

每一天，渡口凌晨的寂静都是新的

每一次书写都是新的，在新的征程

以新时代磅礴的笔意

书写崭新的华章

豪情婉转于胸际，梦想绕飞于笔端

新的时代凝聚新的梦想，指引每一个人

让我们，都成为"追梦人"

用全部的热情，赋予土地全新的荣光

4

我们在街道上行走，是一粒粒汉字
书写在"中国梦"的尺牍上
在每一行列之间
我看到的每一个人，都是我的亲人——
山岳巍巍，铸就了我们的厚重
大水汤汤，织就了我们的沉静

我们每一个人，都是祖国的一部分：
一个音符、一片波浪
一丝光线、一片泥土、一缕茶香——
我们每一个人，又都是一个完整的祖国

渡口、船舶、楼群、工厂、田地
在身体中矗立或展开
水流、人流、车流、物流
汇聚在心灵的洼地，在光芒的照耀下
熠熠生辉，交织成新时代崭新的梦想——

2020 封面中国：十八洞村的笑容

敕勒川

1

我一下子就被那些笑容吸引住了，深深地
吸引住了，在十八洞村的村委会，在
整整一面的墙上，十八洞村人的笑容
像此刻漫山遍野的花朵
灿烂地开放着

这些被幸福加冕过的笑容
又将被新的梦想照亮

2

在中国，在湖南省，在湘西州，在花垣县，在双龙镇，在
十八洞村，在北纬 28 度到 29 度之间，18 座
鬼斧神工般的溶洞相连着，像 18 个苗族兄弟

手挽着手，抵抗着贫穷的命运

人均耕地 0.83 亩，年人均纯收入 1668 元，要想
吃顿大米饭，除非生病生娃娃……这让
满山的鸟语听起来像是哽咽，让遍地的花香
闻起来像是连绵的愁绪，让奔跑的瀑布
看起来就像是无聊的游戏，让苗家阿妹的歌声
暗含着无尽的忧伤……

没有一种美，是建立在贫困之上的
没有一种笑容，是建立在忧伤之上的
爱，也是这样

3

爱她，就给她甜蜜的生活……当这个
名叫龙先兰的苗族小伙子，在相亲大会上
用 18 个俯卧撑牵手吴满金时，他不知道
他会给她什么样的生活……这个经历了
父亲早死、母亲改嫁、妹妹去世、吃了上顿
没下顿的酒鬼，被扶贫工作队队长龙秀林
带回了家，他们成了没有血缘关系的
亲兄弟……这个没有血缘关系的龙大哥
拿钱让他去学了养蜂，又亲自到吴满金家

去给他做了保证，保证他

会成为一个好丈夫……从最初的 4 个蜂箱开始

5 年过去了，龙先兰和吴满金甜蜜的事业

增加到了 300 多个蜂箱，收入 50 万元……难能可贵的是

他们像当初扶贫队长龙秀林帮助他们一样，尽心尽力地

帮助着十八洞村及周边的其他村民们……他们

甜蜜的爱情，成了十八洞村

一张幸福的名片，他们甜蜜的笑容

回荡在中国的大地上

4

她坐在工作台上，手中的针线

上下舞动，她正在绣的，是一只

即将展翅飞翔的喜鹊……旁边的姐妹们，也一起

忙碌着，这一针一针是孩子的学费，那一针一针

是一日三餐……她们专注的神情

仿佛是在对命运进行一场

神圣的反击

这个曾做过 17 年十八洞村村支书的人，这个

要把苗绣带向全世界的人，这个

要帮助村里妇女们自食其力的人，名叫

石顺莲……她继续飞舞着手中的针线，仿佛一停下

那布上的喜鹊就会飞走，而她脸上
不时流露出的笑容，仿佛她完成的
一朵含苞欲放的牡丹，闪烁着国色
与天香

5

我无法一一说出他们的名字，就像我
无法一一描绘出他们的笑容，但我知道
这是一个人幸福的笑容
这是一个村美丽的笑容
这是一个民族开怀的笑容
这是一个时代自豪的笑容
这是一个国家欣慰的笑容……

当我，一个常怀忧思的诗人，站在他们面前
与他们合影时，我的脸上不由自主地
泛起了由衷的笑容……这笑容，仿佛
是对他们笑容的一个最新的注解，又仿佛
是生活对幸福生活的一个倾心的致敬

哦，多么幸运，我也成了他们中的一员——
这些动人的笑容啊，这 2020 年
最美的封面中国

大地上的乐谱

李木马

今天，一条高铁如青藤蜿蜒向上

今天，一条高铁若长虹插上翅膀

今天，一条高铁成为地图上崭新的红线

今天，一条高铁的乐谱旋律昂扬

今天，京张高铁，如向上奔涌的河流

今天，复兴号时代列车脚步铿锵

那是一道银色闪电穿越燕山走廊

我是一根轨枕，早就懂得了担当

我是一枚道砟，刚刚学会了飞翔

我是一颗螺丝，在劳动中拥有了骨肉

我是一个在桩孔沉潜下去的意象

我是清华园隧道中的"天佑号"盾构机

在大地深处的反向顶推中持续发力

在图纸上的轴线坐标中校正方向

我是杏黄色的无砟轨道铺轨机，一直在奔忙

我是一个随风笛飘升弥漫的意象

此刻，我是站在八达岭长城边的一棵树

顺着道路闪光的脉络回望过往

透过时间与空间，透过春风与薄雪的帷幔

一条老铁路，如历史档案中连缀的旧照片

在百年之前，在曲折踯躅中

跨越一道道关口、险隘和屏障

如今，中国铁路史的百年影集中

一新一旧，两条并行南北的铁路

象征与浓缩民族的百年之路

交织、映射、印证，相互观照与眺望

它们之间，定然存在隐秘的通道

可以抵达彼此内心的无垠远方

我看见两条钢铁的手臂，穿山越水

拥抱这个饱经沧桑的国度，拥抱

这个国度百年坎坷而多情的时光

施工图上的线条是微缩的紫藤吗

一条血管般逶迤的河流啊

由北京向西北蜿蜒而上

这红色，让人想到古长城的烽火

抗战的烈火，工地上红旗飘扬

冬奥会的圣火，映红了不同肤色的脸庞
路基延展，大地的曲谱
梁拱飞架，彩虹的波浪

桥墩，一排排顶天立地的音符
铁汉一般，竖起顶天立地的信念
拱梁，一道道平行于水面的曲谱
含蓄的柔情在水波不兴里安详地荡漾
这力量交叉的图腾
这刚柔相济的意象
汇入浩大版图一阕恢宏乐章

官厅水库的鱼群，刚刚衔走几片霞光
一排排桥墩，亦如等待曙光点燃的火炬
把心中的一座座隧道次第照亮
我是一个敦实而精巧的桥梁支座
站在墩台，这大地的胚芽之上
秋风如水，梳理着心扉
悠然洞开的遐思与向往

向北，顺着铺轨机旗语的指引
仰望中，转体合龙的桥梁啊
将一条大路的筋骨缓缓托举到天上
山体内，声若春雷的爆破

如绽放的精神之花，在山谷间久久回荡
——京张——京张——京张
这是我们劳动的号子啊
这是我们的誓言正在被清晰的远方镀亮

祝你平安

林　莉

1

请向一辆蓝色大货车说：祝你平安
今夜，它装着十万只口罩
跟随两个忐忑不安的卡车司机
从一个省穿过另一个省
从一个故乡抵达另一个故乡

2

请向一个母亲说：祝你平安
她抱着孩子步行八十公里
按时回到医护岗位
她剪去一头长发赶赴驰援地
她毫不迟疑在请战书上按下红指印

3

请向每一个逆行者说：祝你平安

与子同袍，东西南北星夜兼程汇聚而来

他们是父亲、兄妹、战友

是脊梁、精神、义和道

4

请向一座城说：祝你平安

空旷下来的街道、码头、十字路口、火车站

机场、楼宇、商场、烧烤铺……

低温、苍凉。这是又一个新年的开始

一座城疼着、痛着，亟待涅槃重生

5

请向青灰的苍穹说：祝你平安

那里，深藏着被打破平静的漩涡

和生死未卜的归途，一条发热的鱼

一只折翅的鸟，渴求重获

生生不息的秩序和力量

6

请向必临的春天说：祝你平安

窗边忧郁的眼睛、排队候诊的人群

体温计、呼吸机、防护服、救护车

医生、建筑工人、环卫工人、外卖小哥……

祝你平安

长江、黄鹤楼、江汉路、秦园路……

祝你平安

北京、上海、江西、河南、浙江……

每一个地名、每一条道路，山河庄严

祝你平安

7

请向人类和自然万物说：祝你平安

在一条完整的生物链上，生命平等

各有律令。一株迎春

悲伤的枝条上，爆出了馨黄的花蕾

一个离去的背影，在午夜路灯下变得迷糊

8

请向雨水中的相逢和告别说：祝你平安

如果病毒、灾难、死亡

都不能将人们隔离、分开

请深情地默默地说：祝你平安

花生里的家国

李　皓

当秋风，将我由一些花朵

变成一颗颗籽粒饱满的果实

请允许我

只喊出两个水分饱满的名词：

墨盘，中国！

中国是我胸怀坦荡的祖国

墨盘是我魂牵梦绕的老家

就像一颗具有两室的花生荚果

它们亲密无间地住在同一个果壳里

唇亡齿寒一般，相互依偎

我的土质疏松的老家

盛产质地优良的各种花生

这些果壳坚硬的尤物

在我童年的嘴角流出乳白的汤汁

让一群乡间的野孩子健康而苗壮

它们的肌肤是褐黄色的
如同这包容而火热的黄天后土
如同这纹路迷人的
脊梁一般坚硬的果壳
诚实、坚韧，都是它们的品格

不管是双胞胎，还是三胞胎、四胞胎
它们一律噘着硬气十足的小嘴
骄傲地，把祖国和家园
结结实实地搂在怀里
宝藏一般，一奶同胞一般

我尤爱那秋日里刚出土的花生
它冲破了黑暗，像十月怀胎的婴孩
湿漉漉的，粉嘟嘟的
像秋水折射的一束天光
辽阔的大地吐露芬芳

这些粉红的火种，将鲜血的品格
注入粮食的体内
成为永不枯竭的能量和资源
经过油坊工人的锻榨，乃至锤炼

那些黏稠的物质，让巨轮健步如飞

曾经，我贫瘠的故乡
因为漫山遍野的花生而走向富饶
我的乡亲们总是长命百岁
多子多福
他们视花生为山乡的神灵

墨盘，这个飘着墨香的名字
可曾被我看作祖国的一粒花生
可曾被我视为一首朗诵诗的韵脚
或者一个恰如其分的汉字
一个情绪饱满的形容词

我咀嚼着老家的果实
放眼阳光下的祖国
那些开过的花自有归宿
那些成熟的种子
必然在下一个春天生根发芽

墨盘花生，只是中国农业
微不足道的一笔
但它发出的光和热绝不亚于
钢铁的情怀。一颗饱满的籽粒

就是一个活生生的生命

一粒花生呈现出的家国
它的嘴唇是红润的，鲜嫩如婴孩
它的果肉是雪白的，超越了自己
一年又一年，对黑暗的容忍
像一个隐忍的民族，从不曾回头

一颗花生于我而言
就是心心念念的老家的方向
而墨盘之于祖国，或许只是一粒
不起眼的花生，沉默寡言
但小小墨盘里一定盛着丰收的蜜汁

我用信念和赤诚，蘸着蜜汁
写出稗子与秕谷的羞愧
写出麦浪和稻穗的自信
写出十四亿个沸腾的中国梦
以及对镰刀和锤头的无限深情

这支队伍，还像当年

牛庆国

这是一支队伍

一支叫做共产党的队伍

当年他们跟着红旗出发

跌倒了爬起来

再跌倒再爬起来

红旗爬雪山他们爬雪山

红旗过草地他们过草地

红旗被打出了弹洞

他们的身上就有了伤口

但红旗一直在前面飘着

他们一直在红旗后面跟着

走着走着

每一个人都走成了一面红旗

他们的血流在大地上

就是把红旗铺在了地上

他们的血流在江河里

就是把红旗飘在了水面上

那时风好大天好黑

一面面红旗在黑暗中迎风飘扬

那些不停奔走的人们

为了让人民看见光明和希望

往往就忍不住把自己撕开

亮出身体里的那面热血沸腾的红旗

后来

越来越多的人就知道了

这红旗的含义

寒冷的时候它就是燃烧的大火

这红旗上的铁锤

只有被叫做人民的人

才能把它高高举起

而铁锤砸起的雷鸣和闪电

叫做革命

也知道这红旗上的镰刀

在通往庄稼的路上

披荆斩棘

它坚定的身影

一往无前

这支一百年前出发的队伍

这支从苦难的人民中走来的队伍

这支连死亡都挡不住的队伍

在一条别无选择的路上

从一个村庄到另一个村庄

从一道天险到另一道天险

从一场厮杀到另一场厮杀

从一个黎明到另一个黎明

那时他们带着生命和热血

带着一身坚硬的骨头

带着理想的种子

为着心中的信仰

奋不顾身

一个民族

在他们的脚步声中醒来

一个国家

也跟着他们南征北战

一百年过去了

一百年的路上一个人倒下去

千万个人跟上来

如今这支前仆后继的队伍

已拥有九千万多之众

而他们的身后是十四亿多的人民

他们浩浩荡荡

在九百六十万平方公里的土地上

奋然前行

冲锋陷阵

他们为当初立下的誓言而战斗

为人民幸福

为民族复兴

一个又一个堡垒被攻下

一个又一个胜利到来

但人民的贫困

却作为一个顽固的堡垒

像另一座雪山

另一片草地

另一条大渡河

横在前进的路上

贫困就是号令

战斗别无选择

这场战斗

被命名为脱贫攻坚战

为人民的吃饭问题而战

为人民的穿衣问题而战

为人民的住房问题而战

为人民的看病问题和孩子上学问题而战

好在这支身经百战的队伍

一路走来

从来不怕攻坚

今天更加不怕

集结队伍吧

立下军令状吹响冲锋号

义无反顾

一场没有硝烟的世纪决战

就这样在中国大地上展开

长城内外大河上下

壮怀激烈

一往无前

那时

有人把自己当成一粒种子

埋在人民中间

有人把自己当成一片犁铧

深入春天的土地

有人把自己当成一棵树苗

用绿色的希望

擦亮渴望的眼睛

有人把自己当成一面红旗

飘扬在贫困的制高点上

就像当年

有人把自己当成一粒子弹

有人把自己当成一把大刀

有人把自己当成一把火炬

有人把自己当成铺路的石子

"精准扶贫"是一种战略

"一户一策"是一种战术

驻村第一书记帮扶干部

帮扶单位

是这个时候特殊而亲切的称呼

坚决打赢决战决胜

全面建成小康

是这个时候最响亮的口号

就像当年全民抗战

就像当年解放全中国

鼓舞着这支队伍和全体人民

走村入户

让一缕缕春风

推开一家家贫困户的家门

仿佛当年发动人民参加革命

革命就要大无畏

把精神振作起来

把信心鼓舞起来

把智慧点亮

让勤劳和勇敢闪闪发光

告诉人民贫穷不是社会主义

社会主义的人民必须富裕起来

"扶贫路上一个都不能少"

就像当年前进的路上

不能让一个人掉队

战斗打响了

必须把贫穷的影子

从每一个人身边每一户家里

每一个村子每一片土地上

坚决赶走

正如当年坚决干净彻底地

消灭每一个敌人

那时

每一面旗帜上写着攻坚两个字

每一个人的心里

装着脱贫两个字

每一个梦想都是富裕

每一个脚步都在奔向小康的路上

每一个有风有雨的日子

每一个阳光灿烂的日子

都是夺取阵地的日子

每一个星光照耀的村子

每一个万家灯火的山乡

都是克敌制胜的阵营

必须让贫瘠的土地不再贫瘠

必须让荒凉的山头不再荒凉

必须让寒冷的心头充满温暖

必须让幸福的花朵

开遍家家户户

一天天一年年的日子

在战斗中过去

这支队伍又打赢了一场硬仗

共产党人的故事

被书写在人类战胜贫困的史册上

写下一个又一个村子的脱贫故事

写下一个县又一个县摘掉贫困帽子的传奇

写下一个国家走上小康的壮举

那些曾经愁苦的脸上绽放着笑容

那些曾经弯曲的腰杆终于挺拔了起来

那些曾经贫困的日子终于成为记忆

今天和风吹开了万紫千红的春天

今天细雨滋润着拔节的庄稼

今天阳光照亮丰硕的果实

今天飞雪迎来又一个春天

奇迹在中国大地上又一次诞生

这支战无不胜的队伍

用他们对人民的赤胆忠心

写下新时代的共产党宣言

今天

他们为红旗上的铁锤和镰刀

又一次淬火

向着新的目标又一次出发

这支队伍还像当年